LETTRE

A M. KÉRATRY,

MEMBRE DE LA CHAMBRE DES DÉPUTÉS,

AU SUJET DE SES DOCUMENS HISTORIQUES.

PAR A. OSVALDE.

...Amicus cato; sed magis amica veritas.

————•——•————

PARIS,

J. G. DENTU, IMPRIMEUR-LIBRAIRE,

rue des Petits-Augustins, n° 5.

1820.

LETTRE

A M. KÉRATRY,

MEMBRE DE LA CHAMBRE DES DÉPUTÉS,

AU SUJET DE SES DOCUMENS HISTORIQUES:

—

Mᴏɴsɪᴇᴜʀ,

Je n'ai point l'honneur de vous connaître personnellement; mais votre discours du 10 juillet dernier m'a fait concevoir la plus haute idée de votre talent et de votre philanthropie. Dans un essai que j'écrivis quelques jours après, et dont des circonstances particulières ont retardé la publication, je m'empressai de vous payer un tribut d'éloges aussi sincère que mérité. Jugez donc quel fut mon désappointement à la lecture de votre dernière brochure, lorsque je la trouvai non seulement au-dessous de votre réputation, mais encore indigne d'un fidèle mandataire du peuple. En prenant aujourd'hui la plume, je n'ai d'autre objet que d'appeler votre attention sur les erreurs que vous avez commises, persuadé qu'elles vous sont échappées dans un moment de préoccupation. Je le déclare formellement : je ne prétends point que les principes que renferment vos *Documens* soient réellement les vôtres ; mais si, en vous lisant avec attention, je vous ai mal compris, beaucoup d'autres peuvent se tromper comme moi, et je ne doute pas que vous ne vous fassiez un devoir de désabuser le public.

Dans une violente sortie contre les censeurs, vous les accusez d'une injustice criante, et vous citez des faits qui certes ne sauraient leur faire honneur. Mon estime pour vous ne me permit pas d'abord d'en douter ; et j'applaudissais à votre zèle pour la réforme des abus, lorsque la lecture de la 32ᵉ page de votre brochure, en me rendant votre impartialité suspecte, me força à suspendre mon jugement.

L'on ne souffrit pas, dites-vous, que les journaux parlassent de l'accueil flatteur que plusieurs départemens firent à leurs députés, et vous ajoutez :

« Je ne sache pas que les Chambres,
« quand elles ont accordé la censure des
« journaux aux instances ministérielles,
« aient prévu qu'on en ferait un tel usage ;
« je dirai même plus, elles n'en avaient
« pas le droit. A elles permis d'interdire
« telle ou telle discussion, si elles voulaient
« courir les risques de ces défenses qui ne
« sont ni dans la nature du système adopté
« ni dans l'intérêt réel du pouvoir. Mais
« rendre un peuple étranger à ce qui se
« passe à ses portes, à ce qui se passe chez
« lui-même, c'est, d'autorité privée, l'ef-
« facer de la carte de l'Europe ; c'est le
« scinder en autant de lambeaux qu'il y a
« de provinces ; c'est lui arracher sa vie de
« relations ; c'est l'amputer et le tuer mo-
« ralement. Oui, c'est un grand délit, car
« le pouvoir de Dieu ne va pas jusque là ;
« il ne saurait empêcher que les faits ne
« soient des faits ; il ne saurait les anéantir ;

« ils échappent à son domaine privé pour
« grossir les trésors du monde intellectuel;
« par suite des lois de solidarité, ils ap-
« partiennent à tout ce qui y a droit, et la
« bonté toute puissante, en faisant de l'être
« humain une créature essentiellement
« communicative, n'a pas entendu que
« quelqu'un fût étranger dans sa propre
« patrie, puisqu'elle n'a pas voulu que
« l'homme le fût dans l'univers même. Iso-
« ler ce qui ne vit, ce qui n'existe que par
« la sociabilité, est-ce autre chose qu'anti-
« ciper sur la mort? Et qui êtes-vous donc,
« pour promener ainsi sur la terre la faux
« du trépas? Vous aurait-on donné, par
« hasard, le pachalik de l'intelligence? »

Le passage est un peu long, mais j'ai
cru devoir le rapporter en entier.

« Je ne sache pas que les Chambres,
« quand elles ont accordé la censure des
« journaux, aient prévu qu'on en ferait un
« tel usage; je dirai même plus, elles n'en
« avaient pas le droit. »

Cette assertion, monsieur, me paraît un
peu hasardée. La liberté de la presse, d'a-

près l'article 8 de la Charte, ne peut-elle pas être modifiée par des lois qui en préviennent les abus? Quel abus, demanderez-vous, fait-on de cette liberté, en publiant l'accueil flatteur qu'ont reçu quelques députés? Aucun, suivant moi, monsieur. Supposons néanmoins que les trois pouvoirs de l'État aient été d'un avis contraire, n'avaient-ils pas le droit d'empêcher ce qu'ils regardaient comme un abus? Pensez-vous que leur autorité soit restreinte aux actes qui reçoivent votre approbation ou la mienne?

« A elles permis d'interdire telle ou telle « discussion, si elles voulaient courir les « risques de ces défenses qui ne sont ni « dans la nature du système adopté ni « dans l'intérêt réel du pouvoir. Mais ren- « dre un peuple étranger à ce qui se passe « à ses portes, à ce qui se passe chez lui- « même.....»

La France est donc étrangère à tout ce qui ne se trouve point dans les journaux. Comptez - vous pour rien vos correspondances et vos brochures?

« C'est, d'autorité privée......»

J'avais ignoré jusqu'à présent qu'on pût appeler l'autorité des Chambres une autorité privée.

« ..... L'effacer de la carte de l'Europe,
« c'est le scinder en autant de lambeaux
« qu'il y a de provinces ; c'est lui arracher
« sa vie de relations ; c'est l'amputer et le
« tuer moralement. »

Le fil de notre existence morale est donc exclusivement entre les mains des rédacteurs du *Constitutionnel* et du *Courrier?*

« Oui, c'est un grand délit ; car le pou-
« voir de Dieu ne va pas jusque-là......»

Je ne sais, monsieur, ce que je dois le plus admirer, votre courage à attaquer des hommes plus puissans que Dieu lui-même, ou l'étrange préoccupation qui a produit un raisonnement semblable.

« Il ne saurait empêcher que les faits ne
« soient des faits ; il ne saurait les anéan-
« tir. »

Et la commission de censure a fait tout cela !

« Ils échappent à son domaine privé pour

« grossir les trésors du monde intellectuel ;
« par suite des lois de solidarité, ils ap-
« partiennent à tout ce qui y a droit. »

Droit à quoi?

« Et la bonté toute puissante, en faisant
« de l'être humain une créature essentiel-
« lement communicative, n'a pas entendu
« que quelqu'un fût étranger dans sa pro-
« pre patrie. »

Nous avons donc été, jusqu'à l'invention
des journaux, ce que la bonté toute puissante ne voulait pas que nous fussions.

« Puisqu'elle n'a pas voulu que l'homme
« le fût dans l'univers même. »

Rappelez-vous, monsieur, que vous parlez de l'isolement résultant des lois sur les
journaux, et appréciez vous-même la force
de votre argument.

« Isoler ce qui ne vit, ce qui n'existe
« que par la sociabilité, est-ce autre chose
« qu'anticiper sur la mort? »

Pauvre Auguste! pauvre Mécène! pauvre Horace! vous ne saviez ce que c'était
que sociabilité; vous n'aviez pas de ga-
zettes.

« Et qui êtes-vous donc pour promener
« ainsi sur la terre la faux du trépas ? »

Une dame voyant sur sa toilette quelques grains de poussière, s'écria : *O ciel!
quelle horreur!* Son mari lui demanda
quelle expression elle avait en réserve pour
qualifier une tache d'encre.

« Vous aurait-on donné par hasard le
« pachalik de l'intelligence ? »

Les archives de l'intelligence, monsieur,
sont-elles tout entières dans les journaux ?

Je conçois que la défense faite aux jour-
nalistes de publier votre triomphe, et celui
de vos amis, a dû vous toucher; mais fal-
lait-il en conclure que l'on « promenait sur
« la terre la faux du trépas ? » Sans doute
j'eusse désiré que le *Courrier* me donnât
cette agréable nouvelle dans sa primeur ;
mais mon plaisir, monsieur, n'a été différé
que de quelques jours : la censure n'a pas
arrêté votre brochure ; et vous m'apprenez
vous-même (page 61) les honneurs qu'on
vous a rendus.

Quelque connu que puisse être votre
désintéressement, ne craignez-vous pas cer-

tains rapprochemens que les partisans de
la censure ne manqueront pas de faire ?
« Je me suis fait journaliste, dites-vous
« (page 76), pour être meilleur citoyen...
« Fussé-je à ce sujet dans l'erreur, j'ai
« donné quelque prix à des pensées, fruit
« de longues études, sur lesquelles le pu-
« blic a daigné quelquefois arrêter un re-
« gard de complaisance..... » Il me semble
entendre un censeur s'écrier : Tout s'ex-
plique maintenant ; je vois comment M. Ké-
ratry peut croire que les lois sur les journaux « tuent moralement » la France ; je
ne m'étonne plus qu'à ses yeux nos ciseaux
soient « la faux du trépas ; » mais ces
exagérations servent notre cause ; son style
trahit le vrai motif de ses accusations : *Il
est orfèvre.*

Vous nous parlez (page 10) du progrès
des lumières. Vous nous dites que le gouvernement représentatif est « enfant de ces
lumières ; » qu'il « naît spontanément chez
les nations, quand il n'est plus au pouvoir de personne de les tromper. » Vous
ajoutez que « dès sa naissance, il a toute

sa force, » et vous le comparez à « Hercule enfant, » qui « écrasait les serpens
suscités par la jalousie d'une déesse. »

Ce système, monsieur, fait beaucoup
d'honneur aux lumières, et je sais ce que
vous entendez par ce mot. Voyons si l'ex-
périence le confirme.

Chacun connaît et admire le Gouvernement représentatif de l'Angleterre. Mal-
heureusement, il est un peu ancien. A
quelle époque fut-il établi? Je rougis pres-
que de l'avouer : ce ne fut point dans un
siècle éclairé. Hume ni Bolingbroke n'a-
vaient encore écrit ; les noms de Luther
et de Calvin étaient ignorés ; les suppôts
nés de la tyrannie, les moines, exerçaient
leur funeste influence sur l'esprit des peuples ; et c'est de ces temps barbares que
date une Constitution, chef - d'œuvre de
génie. Elle existe encore ; elle a résisté
aux plus violens assauts ; mais, par une
fatalité inconcevable, les abus et les progrès de la philosophie ont marché d'un
pas égal.

Il semble donc que le gouvernement

représentatif n'est pas toujours « enfant des lumières. » Cette maxime est-elle plus vraie, appliquée à la France ? Voyons.

A quelle époque « ne fut-il plus au pouvoir de personne de la tromper ? » En 1792 peut-être, lorsque la liberté et l'égalité furent proclamées. Hélas ! au nom de la liberté, l'on commit plus de crimes en quelques années, que les plus cruels despotes n'en commirent jamais en un siècle. Mais à ce prix, du moins, fûmes-nous libres ? Le joug de l'homme de la révolution fut-il plus léger que celui de nos Rois ? Le gouvernement représentatif naquit-il spontanément, fort comme « Hercule ? » Réclamâtes-vous courageusement la liberté entière de la presse, et le droit de nommer vos mandataires ?..... Non; le maître parlait, et nous obéissions en silence : nous n'obtînmes de lui qu'égalité d'esclavage, de mépris et d'oppression.

Nos fers furent enfin brisés, il est vrai; mais est-ce aux progrès des lumières que nous devons notre affranchissement?

Vous nous assurez (page 16), et vous

répétez (page 25) que « les Bourbons sont hors de la grande cause qui s'agite en ce moment. » J'ai long-temps étudié cette phrase, et je n'ai pu l'expliquer qu'en la regardant comme de pure civilité envers nos Princes. Si je la prenais dans le sens le plus naturel, je ne concevrais plus quels « hasards » vous voulez leur « épargner » (page 16), et comment vous craignez que le trône ne « s'écroule devant une tribune (page 39). »

C'est pour prévenir un bouleversement dans l'État, c'est pour éloigner les dangers qui menacent une famille auguste, que vous prenez la plume (page 16). Vous le dites, monsieur, et je vous respecte trop pour en douter. J'oberverai seulement que jamais ouvrage ne répondit moins à l'intention de l'auteur.

Un court examen suffira pour vous en convaincre.

Les agitations des masses, suivant vous, doivent être fréquentes (page 29). Ces agitations, que vous ne voulez pas qu'on nomme *conspiration* (page 29), et que

vous nommez vous-même conspiration im-
mense (page 40), sont le résultat nécessaire
du triste état où nous nous trouvons; et vous
déclarez que vous prêtez vous-même votre
voix à cette conspiration (page 40).

Si l'on persiste dans le système actuel,
le trône croulera bientôt devant une tribune (page 39).

Apparemment pour calmer les scrupules
des conspirateurs, vous vous écriez, au
sujet de la note du prince de Metternich :
« Où en serait le monde, s'il avait fallu
toujours attendre le bon plaisir des princes
pour l'amélioration du sort des peuples
(page 87)? »

Enfin, de peur qu'on ne soit retenu par
la crainte d'échouer, vous nous assurez
(page 29) qu'il est « difficile qu'avec la com-
position présente des armées, l'homme qui
a un uniforme sur le dos ne raisonne pas,
quand, à côté de lui, l'on se plaint et l'on
murmure, » et, en outre, que les puissan-
ces alliées n'oseraient intervenir (page 92).

Ce langage, monsieur, est-il bien constitutionnel ? Quand on veut rompre une

lance pour la défense du pacte social, au moins serait-il convenable d'en respecter l'un des points les plus importans ; et vous devriez bien expliquer à vos lecteurs, comment on peut prêter sa voix à une conspiration qui menace de renverser le trône, sans violer l'article 13 de la Charte.

Ici, je dois déclarer que je sais parfaitement l'obligation que m'impose un reproche aussi grave que celui que je vous fais. Montrez-moi que je ne vous ai pas entendu, et, plein de joie, je me hâte de rétracter publiquement mon erreur.

Voici mon raisonnement ; je désire qu'il soit faux.

Des adresses parties de tous les départemens, des rassemblemens paisibles, formés sur tous les points de la France, pour réclamer l'abolition des lois nouvelles, pourraient bien causer la chute d'un ministre, mais non ébranler le trône.

Lors donc que vous avancez que le trône croulera devant une tribune, si l'on ne change de système, vous supposez que les conspirateurs finiront par attaquer les abus à main armée ; et plutôt que de souffrir quelques mesures qui vous déplaisent, vous fomentez un mécontentement qui serait capable de produire le plus grand des crimes.

A quoi donc se réduisent les marques d'attachement que vous prétendez donner aux Bourbons? A les instruire du danger qu'ils courent, s'ils ne suivent pas votre avis. Après cet avertissement, votre conscience semble être déchargée, et vous invitez le peuple à se satisfaire à tout prix.

Ne sera-ce donc point assez pour nous, d'avoir eu la faiblesse de fléchir le genou devant Thor, et de lui sacrifier nos enfans? Faudra-t-il encore que nous devenions la risée de nos voisins, en faisant parade de notre audace à résister au plus doux, au plus généreux des Princes? Quoi! nous aurons porté le joug de Robespierre et d'une poignée de scélérats, nous aurons courbé la tête sous la verge de fer d'un barbare étranger, et nous aurions encore la lâcheté de menacer d'une rebellion un

Monarque qui nous aime, s'il n'interprète pas à notre gré la Charte que nous tenons de sa main !

Dira-t-on de nous ce que des voyageurs dignes de foi rapportent des esclaves indiens : que la cruauté commande leur soumission, et qu'à la honte de l'humanité, la douceur les porte à la révolte ? Ah! jamais je ne croirai mes compatriotes capables d'une telle ingratitude.

Je ne prétends pas condamner sans réserve cette réflexion : « Où en serait le « monde, s'il avait fallu toujours attendre « le bon plaisir des princes pour l'amélio- « ration du sort des peuples ? » Je sais que les barons anglais arrachèrent au méprisable Jean-sans-Terre la Charte qui a si long-temps fait la gloire de leur pays : je vous dirai seulement qu'il est des maximes qui peuvent recevoir leur application dans des cas extrêmes, et qu'un véritable philanthrope se gardera de faire retentir intempestivement aux oreilles du peuple. Pour vous, monsieur, non content d'être l'apologiste de la révolte, vous la provoquez par les déclamations les plus emportées.

Je suis loin de craindre, au reste, que le trône soit en danger. Les Français dévoués au Roi ne cabalent point, ne font point de bruit, et peuvent à vos yeux paraître peu nombreux ; mais qu'une lutte s'engage ; et les factieux que votre brochure aurait déçus et enhardis, connaîtront leur méprise, et paieront cher leur attentat.

Supposons néanmoins que je me trompe ; supposons que la France soit aussi agitée que vous nous l'assurez ; devez-vous fomenter la discorde, par la peinture la plus noire et la plus outrée de quelques abus ? Je le répète, je ne puis penser que vous l'ayez fait à dessein. Je suis convaincu que si jamais l'armée oubliait ses sermens, si jamais des troubles menaçans éclataient, vous seriez le premier à vous frapper la poitrine ; mais le mal serait fait. L'infortuné Bailly avait des vues aussi droites que les vôtres ; et son repentir tardif ne ferma point l'abîme que son imprudence avait ouvert...........

Une affaire urgente me force à m'arrêter ici. Je crois en avoir dit assez pour que vous n'hésitiez point à donner au public une explication. Les erreurs des hommes ordinaires sont bientôt oubliées; il n'en est pas ainsi des vôtres.

Je suis avec la plus haute considération,

Votre dévoué serviteur,

A. OSVALDE.

Lille, 21 septembre 1820.